KB183634

당신의
화성과 창의의 시도를
위하여 -

2024. 가을
김희재

화성과 창의의 시도

화성과 창의의 시도

김희재

위즈덤하우스

차례

1

자진모리장단은 8분의 12박자다.
호로비츠는 앙코르 곡으로 스크랴빈의
에튀드 Op. 8의 12번을 즐겨 연주했다. 스톤
로지스의 〈I am the Resurrection〉은 총 8분
12초, 전 국민 평균 수면 시간은 8시간 12분.
메탈리카의 〈메탈리카〉는 1991년 8월 12일에
발매되었고 1년 후 같은 날, 존 케이지는
뉴욕에서 사망했다.

2

오늘은 그로부터 정확히 32년 후. 입추가
일주일이나 지났지만 날은 매우 더웠다.
주차장에는 차가 끊임없이 들락날락하고,
나와 탄은 차가 한 대씩 들어올 때마다 입을
다물었다가 차 문이 열리고 전혀 모르는
얼굴이 나오면 다시 이전 대화로 돌아가기를
반복했다.

방금 전까지는 최근 본 영화에 대해서
말하고 있었다. 정확히는 클라이맥스로
치닫는 장면에 이르러 탄이 작곡한 음악이
나온 것에 대해서. 나는 탄의 음악을 듣는
순간 영화 내용을 다 잊을 정도로 감동했다고
말했다. 얘가 이런 음악도 쓸 수 있단 말인가,
하며 감탄까지 했다고. 순 거짓말이었다. 나는
영화를 다 보고 크레디트가 올라갈 때서야

탄이 영화음악에 참여했다는 사실을 알았다.
탄의 이름은 음악팀 중에서도 여섯 번째인가
일곱 번째 순서였는데 엔딩 크레디트가 끝날
때까지 자리를 뜨지 않는 남편이 아니었다면
그 사실을 평생 몰랐을 수도 있었다. 탄은
예전처럼 부끄러워하지 않았다. 어떻게
알았느냐는 둥 고생 좀 했다는 둥 사족도
달지 않았다. 그저 미소만 지었다. 어떻게
보면 덤덤한데 어떻게 보면 능글맞은 미소.
굳이 말하자면 '아 그래?' 하는 것 같은 미소.
그 미소를 보고 나니 탄은 여전히 탄이구나,
싶은 생각이 들었다. 너는? 하고 되묻지 않는
것도 탄다웠다. 물어봐주었더라면 똑같이
미소 지었을 텐데. 적어도 이렇게 요란하게
남은 커피 얼음만 덜그럭거리지는 않을 텐데.
생각해보면 우리도 할 말이 많아서 밤을
지새웠던 때가 있었다. 대화가 끊이지 않아서

다시 만나자는 약속이 무서울 정도였던 시절이. 지금은 그때 일들이 전부 머릿속에서 지어낸 이야기처럼 느껴진다. 나는 벌써부터 식사를 끝내고 헤어지는 순간을 상상한다. 무슨 말을 하며 손을 흔들어야 어색하지 않을까. 어떤 표정으로 돌아서야 후회를 덜할까. 각자의 차로 돌아가는 길이 아쉬울까, 시원섭섭할까. 어느 쪽이든 예전처럼 막차 시간을 확인하며 속사포처럼 말을 쏟아내지 않아도 된다는 사실만큼은 다행스러울 것이다. 그 덕분에 너무 먼 과거는 망상과 다를 게 없다는 걸 깨닫게 될지도 모른다.

얼음 소리가 대화의 공백을 메우는 사이, 연한 민트색 소형차 하나가 미끄러지듯 들어온다. '예쁜 쓰레기'라는 별칭에도 불구하고 오랫동안 나의 드림 카 자리를 차지한 외제 차다. 급하게 들어선 차는

삐뚜름하게 주차를 하더니 제대로 멈추기도 전에 문이 벌컥 열린다. 그 사이로 까만 원피스를 입고 까만 선글라스를 쓴 여자가 튀어나온다. 멀리 있어서 그런지 선글라스를 써서 그런지 여자의 얼굴이 잘 보이지 않는다. 쟤가 맞나. 몸을 이리저리 뒤틀면서 여자의 얼굴을 알아보려고 애쓰는데, 탄이 먼저 손을 번쩍 든다. 멀리에서 탄을 발견한 여자가 활짝 웃는다. 그 크고 시원한 입매를 보고서야 나도 손을 번쩍 든다.

3

식당을 고른 건 마리아였다. 나는 식당 정보를 보고 반가운 마음에 소리 질렀다. "이번에는 한식당이야!" 남편이 그게 뭐? 하는 얼굴로 나를 바라보았다. 그새 자신이 했던 말을 까먹은 거였다. 언젠가 남편은 셋이 모일 때 이탈리안 식당을 선택하지 않는 법을 모른다면 진짜로 친하지 않은 거라고 말한 적이 있었다. 나는 그런 억지가 어딨느냐고 웃고 말았지만 속으론 뜨끔했다.

우리는 만날 때마다 이탈리안 레스토랑에 갔다. 다음번엔 회를 먹거나 고기를 구워 먹자고 하면서도 결정하고 보면 꼭 이탈리안이었다. 중요한 건 아무도 양식을 좋아하지 않는다는 거였다. 탄은 아침에 빵을 먹으면 탈이 났고 마리아는 해외에 머무는 동안 파스타만 해 먹었더니 언젠가부터 파스타만 봐도 명치가 답답하다고 말했었다. 나는 딱히 양식을 싫어하지도 좋아하지도 않았지만 많이 먹지 못했다. 왜인지 양식은 쉽게 배가 불렀다. 그럼에도 우리는 만날 때마다 분위기 좋은 이탈리안 레스토랑을

골랐고 별 취미도 없는 와인을 땄다. 아마 그건 기념일에 그만한 것이 없었기 때문일지도 모른다.

매년 8월 12일, 우리 셋은 무언가를 기념하기 위해 한자리에 모였다. 그날이 특별히 무슨 날이었던 건 아니다. 우리는 그냥 숫자 8과 12에 의미 부여하는 걸 좋아했다. 처음 시작은 생일과 나이였다. 탄과 나는 8월에 태어났고 마리아는 12월에 태어났다. 우리가 처음 만났을 때 마리아는 8살이었으며 탄과 나는 12살이었다. 나와 마리아는 8월에, 탄은 12월에 퇴소했고 마침맞게 우리가 시설 밖에서 다 함께 살기 시작한 날은 음력 8월 12일이었다. 또 뭐가 있었지? 아마 이것 외에는 억지로 끼워 맞춘 게 대부분일 테다.

수비학이나 수비술 같은 걸 믿지는 않았다. 사주나 별자리, 타로 같은 것도

마찬가지였다. 우리는 그저 우리를 단단하게
묶어줄 지표가 필요했다. 우리를 운명
공동체로 만들어줄 강력한 접착제이자
교묘하게 서로를 꿰어놓을 관념적 고리.
숫자는 지표가 되기에 적당했다. 그
자체만으론 아무 의미도 없다는 점에서
어떤 의미든 넣을 수 있었기 때문이다.
우리는 기념일마다 8과 12에 관련된
정보를 하나씩 찾아왔고 그것에 '8과 12의
발견'이라는 이름까지 붙였는데, 우리와 아무
상관없는 것들도 8과 12에 연관되어 있다는
사실만으로 우리의 것처럼 여겼다. 가령,
스톤 로지스의 〈I am the Resurrection〉이 8분
12초라는 이유로 우리의 테마 곡이 된 것처럼.
메탈리카의 다섯 번째 앨범인 〈메탈리카〉가
1991년 8월 12일에 발매되었다는 이유로 한때
우리가 가장 많이 듣는 앨범이 되었던 것처럼.

그러나 목적을 공고히 하기 위한 수단은
목적이 사라지는 순간 무의미해진다.
세월이 흐르면서 결속을 이어가려는 의지는
희미해졌고 8과 12 역시 점점 무의미해졌다.
종종 상상을 한다. 만약 우리가 계속 같이
살았더라면 어땠을까. 자주 만나기라도, 아니,
1년에 한 번씩이라도 꼬박꼬박 봤더라면.
그래서 서로가 서로에게 가장 중요한
존재였던 날들이 조금 더 이어졌더라면.
상상은 오래가지 않는다. 내가 지금 있는 곳이
상상의 세계가 아니라는 안도감이, 상상의
세계는 영원히 지나갔다는 서글픔이 자꾸
상상하는 마음을 산산조각 내기 때문이다.

남편은 뒤늦게야 오 그래? 좋겠네,
하고는 화장실로 들어가버렸다. 무심하긴.
나는 바로 지도를 살폈다. 차로 40분 정도
걸리는 근교였다. 탄의 집에서는 조금 더 멀고

마리아의 집에서는 조금 더 가까웠지만 우리 셋 모두의 중간 지점이라 할 만한 곳이었다. 나는 마리아의 세심함에 또 한 번 감탄하며 달력에 스티커를 붙였다. 와인 잔 대신 수저 모양의 스티커였다.

4

　마리아는 애교 섞인 목소리로 생각보다 차가 막혔다며 팔짱을 낀다. 나는 마리아의 팔을 단단하게 잡으며 응석을 받아준다. 차가 막혔든 막히지 않았든 그건 별로 중요하지 않다. 중요한 건 2년 만에 만난 마리아가 건강해 보인다는 것, 여전히 코를 찡긋이며 팔짱을 낀다는 것이다. 탄이 눈치 없이 끼어든다. 안 막히던데? 어디로 왔는데? 중간에 마리아가 서 있어서 탄의 옆구리를

찌를 수 없는 게 안타깝다. 나는 일부러
목소리를 한껏 높인다. 어떻게 한식당을
생각했어, 너 아니었으면 또 이탈리안 갔을
텐데. 내 말에 마리아가 흥분한다. 그치 언니,
나 잘했지, 기분이 딱 한식이더라고.

종업원이 마리아의 이름을 확인한 후
예약된 자리로 우리를 안내한다. 푸릇푸릇한
정원에 면한 창가로, 커다란 보호수와 멀리
있는 언덕배기의 능선까지 한눈에 보이는
전망 좋은 자리다. 와, 여기 너무 좋다. 내 말에
마리아는 뿌듯한 표정으로 창가 쪽 의자를
가리킨다. 언니, 여기 앉아. 이따 저 너머로
노을 지는 것도 볼 수 있어. 나는 고분고분
마리아가 가리킨 자리에 앉는다. 탄은 내
옆에, 마리아는 맞은편에 앉는다. 자리에 앉고
보니 능선이 더 또렷하게 눈에 들어온다.
이야, 여기 비싸겠는데. 탄이 감탄하며

메뉴판을 찾자 종업원이 애피타이저를 금방
준비해주겠다고 말하곤 사라진다. 마리아가
겸연쩍게 웃으며 말한다. 여기서 제일 괜찮은
메뉴로 미리 예약해놨어, 괜찮지? 나는 열심히
고개를 끄덕인다. 그럼, 그럼, 잘했어.

마리아는 좋은 음식점을 많이 알았다.
애인이 외식업계의 큰손인 데다 마리아도
같은 업계에서 오래 일한 덕분이다.
그래서일까. 내가 식당을 정하는 해에는 왠지
주눅이 들곤 했다. 나는 두 사람을 이끌면서
부연 설명을 많이 했다. 전에 와봤는데 맛있고
깔끔하더라고. 평도 좋고 거리도 가깝고.
생각해보면 주야장천 이탈리안 레스토랑을
가게 된 것도 그래서였던 것 같다. 맛과 가격,
위치와 청결도 등등 모든 면에서 어느 정도
만족스러우려면 이탈리안 레스토랑부터

접근하는 게 가장 쉬우니까. 내가 두 사람의
반응을 살피며 전전긍긍하면 탄은 언제나처럼
이야, 여기 비싸겠는데, 했고 마리아는 중요한
건 식당이 아니라 오늘 우리가 만났다는
사실이라고 했다.

　　맞는 말이다. 우리가 약속한 날에 만날
수 있게 된 것만큼 중요한 건 없다. 어느
순간부터 우리는 1년에 한 번 만나는 것도
힘들게 되었다. 탄은 작업 때문에, 마리아는
출장 때문에 바빴다. 지난해 8월에도
마리아는 암스테르담에 있었다. 언니, 여긴
음식이 진짜 맛이 없어. 다들 뭘 먹고 사나
몰라. 마리아는 음식 빼고는 다 좋다고
말했다. 관광객이 많긴 하지만 날씨도
쾌적하고 운하와 공원도 아름다워서 하루
종일 걸어 다니기만 해도 좋다고. 전날엔
국립미술관에도 갔다고 했다. 베르메르는

실제로 보니까 좋더라. 〈진주 귀걸이를 한
소녀〉를 보고 싶었는데 그건 없었고 대신
〈연애편지〉가 있었어. 렘브란트 앞에는
사람이 너무 많았어. 〈야경〉을 제대로 보고
싶었는데 정신이 없어서 뭘 본 건지 기억도 안
나. 아 맞다, 내일은 고흐 미술관엘 갈 거야.
빈티지 숍들도 쭉 둘러보려고. 골목골목에
예쁜 거 파는 데가 생각보다 많더라고.

　　나는 핸드폰을 귀에 댄 채로 침대에
누워 마리아가 암스테르담의 미술관과
음식과 거리의 풍경을 두서없이 말하는
걸 조용히 들었다. 그러고 있으니 왠지
나도 암스테르담에 있는 것만 같았다.
놀라우리만치 쨍한 하늘과 높은 구름. 운하에
정박한 보트, 그 위에 무심히 놓인 안락의자와
커피 테이블. 줄을 세워 달리는 자전거와
거리의 카페들. 운하 근처엔 높은 창문을 가진

사진 미술관이 있었다. 언젠가 그곳에서 밤의
나뭇가지와 달 사진을 감상하는 꿈을 꿨다.
꿈에서,

나는 사진 감상을 마치고 운하를 따라
이리저리 걷다가 관광객들에게 휩쓸려
4층짜리 붉은 벽돌 주택에 들어간다. 2층을
다 돌아보고 나서야 나는 그곳이 렘브란트가
살았던 집이라는 걸 알게 된다. 하지만
나는 그림이나 수집품 따위보다는 오래된
집의 오래된 마루가 내는 소리에 집중한다.
뿌득뿌득, 끼익끼익. 마루는 층마다 다른
소리를 내었고 그 소리가 지겨워질 때쯤
나는 주택을 빠져나와 트램을 탄다. 트램을
타고 향한 곳은 영화관. 마침 영화관에선
케빈 스미스의 〈점원들〉을 상영하고 있다.
영화관엔 나 혼자이지만 812번지에 사는
와이나스키 씨가 등장하여 주인공 단테에게

비디오를 던질 즈음, 어디선가 탄과 마리아가 나타난다. 우리는 어릴 때 그랬듯이 나란히 앉아 영화를 감상하며 이런저런 얘기를 한다. 탄은 〈점원들〉의 음악 선곡이 몹시 훌륭하다고 하고 마리아는 여자 캐릭터들이 단테에게는 너무 과분하다고 하고 나는 그런 단테가 좋다고 한다. 그의 사고뭉치 친구인 랜들도 좋다고, 하루가 엉망진창이 되고 서로를 탓하고 투덜거려도 그들이 계속 함께 있는 것이 좋다고 한다.

나는 이 꿈을 여러 번 꾸었고 마리아에게 얘기한 적도 있다. 하지만 마리아는 사진 미술관이나 렘브란트 하우스나 영화관 이야기는 전혀 하지 않았다. 대신 미안하다고 말했다. 오늘 같은 날엔 언니랑 있어야 하는데. 우리가 같이 있었어야 했는데. 나는 괜찮다고 말하며 웃었다. 언제든 한국

들어오면 시간 맞춰서 보자고. 말은 그렇게
했지만 우리 둘 다 다음 해 8월이나 되어야
겨우 시간이 날 것임을 알고 있었다. 탄은
늘 음악 작업 때문에 바쁘고 마리아는 또
어딘가로 떠날 것이고 나는, 나는 사느라
바쁠 테니까. 나는 마리아에게 맛있는 것
많이 먹고 애인과 즐거운 시간 보내고 오라고
했다. 그러자 새삼스레 마리아가 정색을 하고
말했다. 언니, 언니한테는 항상 내가 있는 거
알지? 나는 부끄러워 그냥 웃었다.

5

식전 요리는 톳과 매실조림을 겨자
소스와 꿀로 버무린 야채 샐러드다. 요리는
테두리가 금으로 둘러진 파란 접시에
올려져 있다. 마리아가 언니, 얼른 먹어봐,

하자 탄이 옆에서 추임새를 넣는다. 이야,
이거 비싸 보이네. 갑자기 웃음이 터진다.
애는 할 줄 아는 말이 이것밖에 없나. 나는
탄 대신 탄의 영화 얘기를 꺼낸다. 지지난
주에 영화관엘 갔는데 거기서 탄이 작업한
영화를 봤노라고. 재미도 재미지만 음악이
대단했다고. 톳을 오물오물 먹으며 흘끗
옆을 보자 탄이 부끄러운 듯 이상한 미소를
지으며 샐러드를 먹는 둥 마는 둥 하고 있다.
마리아는 눈을 동그랗게 뜨며 묻는다. 그래?
그게 지금 개봉했어? 재작년에 작업한 거?
나는 마리아의 말을 이해하지 못한다. 지지난
주에 개봉한 영화라고 했는데 왜 재작년
소리가 나오지? 나는 탄을 쳐다본다. 탄이
당황스러운 표정으로 말없이 톳만 먹고 있다.
그걸 보자마자 서운함이 올라온다. 내가
모르는 게 있구나. 탄이 나한테 말 안 한 게

있구나. 나도 말없이 샐러드를 먹기 시작한다.
별로 설명하고 싶지 않은 복잡한 감정이 치고
올라올 땐 먹는 걸로 누르는 수밖에 없다.
마리아가 천천히 먹으라는 듯 내 손등을
톡톡 치며 말한다. 언니, 재작년 초인가 보다.
그때 영화 막바지 작업하고 있다고 했었잖아.
나도 봐야겠다. 영화 재밌었어? 나는 고개를
끄덕이며 그냥 웃어 보인다.

　　새로운 요리는 버섯을 감자와 함께 조린
것과 호박잎전이다. 나는 윤기가 흐르는
감자를 집어 한 입 베어 문다. 입안에 터지는
버터와 간장 소스가 너무 맛있어서 할 말이
생각나지 않을 정도다. 그래서 나는 별 뜻
없이 탄의 이름이 여섯 번째인가 일곱 번째로
올라갔다는 사실을 말해버린다. 이름이
가나다순도 아니던데 그렇더라고. 찾아보니
곡도 한두 개밖에 쓰지 않았더라고. 탄이

소리 없이 웃음을 터뜨리고 마리아가 멋쩍은 표정으로 말한다. 그랬어? 하긴, 그럴 만도 하지. 그때 많이 힘들었잖아. 탄이 옆에서 급하게 끼어든다. 에이, 그만하지. 나는 젓가락을 조용히 내려놓는다. 이제 음식으로 누를 수 있는 정도의 서운함을 넘어섰다. 솔직히 언제 작업을 했는지는 몰라도 된다. 하지만 그때 힘들었는지 안 힘들었는지는……. 참 이상한 일이다. 최근 들어 탄에 대해 모르고 있던 사실들을 알게 되는 일이 잦다. 그동안은 그러려니 했다. 세월이 세월인 만큼 우리 사이에도 거리가 생겼으니 어쩔 수 없다고. 그런데 오늘처럼 이렇게 우리 셋만 있는 자리에서까지 이런 일이 생기니, 섭섭해서 먹던 음식이 얹힐 것만 같다. 내가 젓가락을 놓자 마리아가 걱정한다. 언니, 왜, 맛이 없어? 이상하네, 나 이거 딱 언니가

좋아할 맛이라고 생각했는데. 언니, 이건 자연
송이야, 좀 먹어봐. 마리아에겐 미안하지만,
자연 송이고 뭐고 이미 입맛은 뚝 떨어졌다.
나는 똑바로 탄을 본다. 탄은 괜히 음식만
뒤적거리며 말한다. 이야, 이거 비싼 거네……

6

탄은 항상 내 감정을 알고 있었다. 워낙에
탄 앞에서만큼은 감정을 숨기지 않기도
했거니와 탄 자체가 타인의 감정을 알아채는
센스가 탁월했던 탓이었다. 반면 마리아는
달랐다. 비록 4살 터울이지만 마리아는 늘
아기였다. 아기가 들고 다니는 아기 인형처럼,
나는 어딜 가나 마리아를 옆구리에 딱 붙여
품고 다녔다. 마리아도 내가 하는 거라면 전부
따라 하고 보았다. 그래서 나는 조금이라도

부정적인 감정이 들라치면 이 감정이 마리아에게 옮아가기 전에 탄에게 달려갔다. 그때마다 탄은 귀신같이 내 마음을 알고 나를 위로해주었다.

그것은 자연스레 우리의 구도가 되었다. 나는 탄에게 기대고 마리아는 나에게 기대는 구도. 어쩐지 모두가 탄에게 기대는 듯한 구도. 그렇다면 탄은 누구에게 기대고 있었을까? 나는 탄도 내게 기대고 있다고 생각했다. 탄은 내가 울거나 속상해할 때를 제외하면 언제나 나를 들들 볶기 바빴는데, 그게 바로 탄이 사람에게 기대는 방식이었다. 자신이 견지하고 있는 삶의 태도를 어떻게든 공유하려 하는 것. 내가 자신의 것을 제대로 받아들였다고 느껴질 때까지 계속 말하는 것. 보통 피곤한 방식이 아니었지만, 나는 탄이 그러도록 두었다. 탄의 말을 들어서 딱히

손해 보는 일도 없었거니와 같은 세계 안에서
안정을 느끼려는 탄의 마음을 누구보다 잘
이해했기 때문이다. 그러나 시간이 흐르고
우리 사이에도 '의견 차이'라는 게 생기기
시작했다.

　　만기 퇴소. 그것은 내 인생의 첫 번째
기회였다. 얼마나 오랫동안 그 기회가 오기를
기다렸는지. 나는 하루빨리 더 넓은 세계로
나아가고 싶었다. '진짜 현실'이라고 생각했던
것에 부딪치고 싶었다. 그건 평소에 느끼던
불안이나 걱정과는 달랐다. 오히려 뭔가를
얼른 획득하고 싶은 조바심, 그럴 수 없었던
상황으로부터 드디어 벗어날 수 있게 됐다는
해방감에 가까웠다. 그러나 탄은 그것을
경솔한 선택이라고 생각했고 여느 때처럼
나를 가르치려 들었다. 네가 예상하고 있는
것들은 전부 불확실해, 그러니까 서두르는

것은 오히려 손해지, 충분히 준비가 될 때까지 기다리는 게 현명해. 그러나 탄의 말은 내가 원하는 것과 정확히 반대되는 일이었다. 나는 내 인생을 마라톤으로 만들 생각이 없었다. 내가 원하는 건 멀리뛰기였다. 온 힘을 다해 날아올라 최대한 멀리 떨어진 곳에 착지하는 것. 상상해본 모든 미래가 실재하는 곳에 단번에 다다르는 것. 나는 생일이 지나자마자 바로 퇴소일을 잡았다.

그것을 후회한 적은 없었다. 솔직히 후회할 틈도 없었다. 내가 생각했던 자립의 이미지는 모두 허상이었다. 꽤 현실적으로 설계했다고 자부해온 계획들이 원대한 착각으로 드러나기까지는 불과 한 달밖에 걸리지 않았고 그 이후엔 매 순간이 고통의 연속이었다. 힘든 건 나뿐만이 아니었다. 내가 나가자 마리아까지도 많이 불안정해졌다.

낮에는 아무 문제가 없어 보이는데 밤에는 영 잠을 자지 못한다고, 이불 속에서 웅크린 채 밤새도록 눈을 뜨고 있기 일쑤라고 했다. 탄은 그 정도는 아니었지만 대뜸 전화를 걸어서 어떻게 지내느냐고 묻는 일이 잦았다. 한번은 예고도 없이 찾아와서 나를 놀래키기도 했다.

　나는 그런 둘에게 기다리라는 말을 자주 했다. 내가 얼른 자리를 잡아놓겠다, 빠른 시일 내에 같이 살 수 있도록 노력할 테니 기다려라. 둘은 군말 없이 고개를 끄덕였다. 그건 우리 같은 애들한텐 쉽지 않은 일이었다. 기다려라, 기다려달라. 그 말을 듣는 순간, 우리는 기다리는 날이 절대 오지 않으리라는 것을 알게 되었고, 그 말에 내포된 불가능성과 예언적인 고통은 바로 현실이 되었다. 그러나 탄과 마리아는 내가 약속을 지킬 수 없으리란 사실을 애써 모른 척했다. 나 역시 그랬다.

그 약속이 그들을 위한 게 아니라 나를 위한 거라는 사실까지도 철저히 모른 척했다.

일은 우리 모두의 예상대로 흘러갔다. 바람에서 여름 냄새가 묻어나기 시작하던 늦봄의 어느 날, 나는 시설 앞마당에 서서 탄에게 말했다. 아무래도 시간이 더 걸릴 것 같다고, 너는 때 되면 알아서 나오는 게 낫겠다고. 면목 없는 마음과 달리 목소리는 퉁명스러웠다. 그것이 무엇인지 나는 잘 알고 있었다. 나를 향한 볼멘소리. 스스로의 무능함을 향한 가책. 거기엔 내 잘못만은 아니라는 억울함도 더러 섞여 있었다. 잘못한 것이 없는데도 잘 살지 못하는 건 전부 내 잘못이더라. 그 죗값으로 당장 내어놓을 게 주어진 하루하루밖에 없더라. 마당은 이상할 만큼 조용했다. 그 정적마저 내 잘못처럼 느껴질 즈음, 탄이 내 어깨를 툭 쳤다. 야,

그러게 내 말 좀 듣지 그랬어.

　　탄은 능글맞게 웃고 있었다. 내 그럴 줄
알았다, 하는 웃음. 이제 어쩔 건데, 하는
웃음. 그 웃음을 보자마자 돌처럼 굳어 있던
뒷목이 뜨끈해지면서 다리에 힘이 풀렸다.
너무 열심히 삼켜대서 피와 살로 굳은 줄
알았던 서러움들이 줄줄 새어 나왔다. 나는
탄의 목에 매달려서 울었다. 그리고 깨달았다.
탄이야말로 내가 매달릴 수 있는 유일한
존재라는 사실을. 사계절을 꼬박 세상 풍파에
시달린 내게 그걸 능가할 사랑은 없다는
사실을.

　　종종 그때를 생각하면 의문스럽다.
어떻게 그렇게 확신할 수 있었는지. 어떻게
그렇게 충동적이고 직관적으로 행동할
수 있었는지. 탄은 내가 섣불리 정의 내린
감정을 받아주지도, 모른 척하지도 않았다. 늘

그래왔듯 나를 설득했다. 내가 너무 힘들고
외로워서 일시적으로 착각에 빠진 거라고,
당장 사귀게 된다 해도 각자의 자리에서
겪고 있는 외로움이 줄지는 않을 거라고.
탄은 내게 기다리라는 말을 돌려주었다.
조금 더 이성적으로 생각할 수 있을 때까지
기다려보자. 어디에도 가지 않고 여기에 있을
테니 기다려보자. 그때부터 나는 어떤 그림을
그리기 시작했다.

어떤 그림: 우리는 방이 세 개이고
옥상을 공유하는 집을 구한다. 주말이면
스톤 로지스의 〈I am the Resurrection〉과
메탈리카의 〈The Struggle Within〉을 들으면서
대청소를 하고 평일엔 각자 공부와 일을 한다.
탄은 늘 하고 싶었던 음악을 공부할 것이다.
마리아는 그림을 공부하겠지. 나는, 나는 그냥

산다. 운이 좋으면 지금보다 훨씬 안정적인
직업을 구하거나 대학에 가겠지만 그건 별로
중요하지 않다. 중요한 건 우리 셋을 둘러싼
울타리이다. 그 안에서 우리는 모른 척했거나
기다렸던 것들을 제대로 들여다보게 될
것이다.

7

송이버섯을 한입 먹은 탄이 이야, 하고
감탄한다. 그걸 보고 나도 모르게 헛웃음이
터진다. 하긴. 이제 우리는 서로에게
서운해하고 기대하는 나이를 지나갔다.
이렇게 만나서 함께 밥을 먹을 수 있다는
것만으로 감사할 일이다. 우리는 더 이상
예전처럼 힘들지 않다. 먹을 것을 물고도
지난 일들을 말할 수 있으며 심지어 그때를

그리워하는 척 호쾌하게 웃을 수도 있다.
그것으로 충분하다. 그렇지 않은가? 나는
탄에게 말한다. 많이 먹어. 그걸 들은
마리아가 탄 대신 대답한다. 언니도 많이
먹어.

　　미래는 절반의 형태로 왔다. 지금보다
더웠던 어느 날, 탄과 나는 아이스
아메리카노를 하나씩 들고 얼음을
덜그럭거리면서 퇴소하는 마리아를 마중
나갔다. 기차를 기다리던 시간은 몹시 길었다.
지붕의 그림자가 머리 위를 가려주었지만
한낮의 열기는 대단했고 철로에선 아지랑이가
피어올랐다. 더운 바람이 머리카락을 흔들
때마다 우리는 고개를 들어 기차가 들어오는
곳을 바라보았다. 그러면 멀리서 어떤 소리가
희미하게 들려왔다. 레일을 타고 끊임없이

울리던 그 소리는 끝내 우리에게 당도하지
않았다.

당도하지 않는 소리. 그것은 상상했던
미래를 기다리는 일과 크게 다르지 않았다.
고대하는 동안에는 절대 나타나지 않는 것.
그러나 헛것을 들을지언정 기대를 접을 수는
없는 것. 그것이 바로 기다림의 본질이라는
것을, 나는 생경한 현재에 도착한 후에야
알았다.

우리는 방이 두 개 있는 빌라에서 함께
살았다. 건물의 출입구가 앞뒤로 나 있는
빌라였는데 비스듬한 언덕 위에 지어져
앞쪽에서 보면 1층이고 반대쪽에서 보면
반지하인 구조였다. 그 빌라의 1층 5호가
우리가 살던 집이었다. 집은 여러모로 문제가
많았다. 비가 오면 물이 샜고 눈이 오면
수도가 얼었다. 눈이 따가울 정도로 약을

뿌려야 바퀴벌레를 전멸시킬 수 있었고
벽지에선 늘 은은하게 바퀴약 냄새가 났다.
거기에서 우리는 자기 자신만 생각하며
살았고 '자신'의 범주 안에 서로를 포함시켰다.
그 안락함과 폐쇄성 덕분에 우리는 점점
더 서로에게 의지했다. 마치 커다란 대야에
몸을 붙이고 부풀어 오르는 세 개의 밀가루
반죽 덩어리처럼 떨어지지 않았다. 가장
먼저 부풀어 오른 건 마리아였다. 마리아는
취업과 진학 중 진학을 택했다. 마리아다운
과감한 결정이었다. 우리는 미대에 가고
싶어 하는 마리아를 응원하며 마리아가
벌써 유명한 예술가가 된 것처럼 행동했다.
탄은 작업실을 뉴욕에 두는 게 좋겠다고
조언했고 나는 매니저를 자처했다. 마리아는
우리의 호들갑을 싫어하지 않았다. 오히려
같이 즐겼다. 그 덕분에 우리도 지치지 않고

즐거운 상상을 이어갔다. 탄도 열심히 부풀어 오르고 있었다. 음악 아카데미를 다니며 드라마 음악팀의 막내로 들어갈 기회를 얻게 된 탄은 매일 일을 끝내고 돌아오면 방 안에 틀어박혀 음악을 만들었다. 나와 마리아는 탄이 만든 수많은 곡의 첫 번째 감상자이자 비평가였는데, 우리가 가장 좋아한 곡은 북과 장구로 친 자진모리장단에 기타 리프와 피아노 멜로디가 절묘하게 뒤섞인 크로스오버 곡이었다. 우리는 연신 감탄했다. 북 장단으로 만들 생각을 어떻게 했대? 탄은 뿌듯한 표정으로 말했다. 자진모리가 8분의 12박자거든.

둘에 비해 나는 거의 부풀어 오르지 않았다. 2년 가까이 공부한 끝에, 가고 싶었던 회사의 서류 전형을 통과했지만 이어진 면접 준비에 허덕이느라 좋은 줄도 몰랐다.

그런 나를 위해 탄과 마리아는 면접을 위한 블라우스까지 사주었다. 나는 그 블라우스를 입고 면접에서 떨어졌다.

　나의 불합격을 필두로 지난한 숙성의 시기가 시작되었다. 마리아는 가고자 했던 대학에 모두 떨어졌고 탄이 밤을 새워 만든 곡들은 드라마에 삽입되지 못했다. 실패는 면역이 될 만큼 자주 찾아왔으며 막막함은 끝이 없었다. 마리아는 재도전과 빠른 포기 사이에서 갈등했다. 어떤 것을 선택해야 좋을지 누구에게도(심지어 나에게도) 물어보지 않았고 우리 앞에서는 될 대로 되겠지, 하며 속없이 깔깔 웃었다. 탄은 음악 작업을 위해 일을 줄이고 싶어 했지만 당연히 그러지 못했고, 그것 때문에 괴로워했다. 온전히 음악에만 집중할 수 있다면 지금보다는 결과물이 낫지 않을까, 그렇게 되면 언젠가 음악으로 돈을 벌 날도 오지 않을까. 하지만 그런 고민을 털어놓은 후엔 꼭 킬킬거리면서 중얼거렸다. 내가 뭐라고. 내가 뭘 했다고 이런 고민을. 탄은 종종 비장해지고 싶지 않다는 말을 했다. 살아지는 대로 살고 싶다고. 나는 그게 탄의 진심이라고는 생각하지 않았다. 그러나 탄이 매일 절벽에서 뛰어내리는 기분[•]이라고 말했을 때, 그 기분이 결국 탄의 진심이 될까 봐 무서웠다.

　　나는 두 사람만큼 고민하거나 괴로워하지 않았다. 조용히 다음 채용 공고를 기다리는 것 말고는 딱히 다른 방법도 없었다. 그러나 사는 내내 마리아의 '될 대로 되겠지'와 탄의 '내가

• 　백남준이 전업 작곡가가 되기 위해 분투하던 당시에 남겼던 글로, 당시에 나는 탄이 백남준의 말을 인용했다는 사실을 몰랐다.

뭐라고' 사이를 수도 없이 오고 갔다. 어느
날은 속없이 깔깔 웃었고 어느 날은 킬킬댔다.
평소보다 힘든 날엔 헤플 정도로 많이
웃었다. 그런 날엔 웃으면서도 어깨를 떨었다.
아무것도 해결하지 못하면서 웃기만 하는
게 습관이 될까 봐, 그렇게 셋이서 나란히
구렁텅이로 걸어 들어갈까 봐.

　　우리는 자주 힘들었지만 내내 웃기만
하진 않았고 종종 길을 잃었지만 매번
불행하진 않았다. 다음 해, 나는 탄과
마리아가 사준 블라우스를 차려입고 면접을
보았다. 그다음 해, 회사에 도착하기도 전에
블라우스 뒷면이 다 젖을 정도로 땀을 흘렸다.
그 다음다음 해, 블라우스를 새로 하나
장만해야겠다고 생각했고 새로운 블라우스를
마련하기 전에 합격 통보를 받았다. 지금도
그 블라우스는 내 옷장 속에 있다. 나는 가끔

옷장 문을 활짝 열고 그 앞에 가만히 서서
블라우스를 쳐다본다. 그러면 대야 안이 꽉
차도록 부풀어 오르는, 어리고 허여멀건 반죽
덩어리들이 보인다. 한동안 대야를 나올
생각이 없어 보이는 덩어리들, 자신이 무엇이
될지 모르고 무엇이 될 수 있으리란 상상도
하지 못하는 덩어리들. 그것들은 오래된
얼룩과 옷장의 해묵은 냄새처럼 지나간
계절들 속에서 나를 마주 본다.

8

언니 조성진 좋아하지?
마리아가 새로 나온 민어전을 집어
든 채로 묻는다. 나는 알면서 새삼스레 뭘
묻냐는 표정을 짓는다. 그러자 마리아가
갑자기 다다음 달에 가게 된 도쿄 출장

얘기를 꺼낸다. 간 김에 이것저것 문화생활도 좀 즐겨보려고. 새로 개관한 미술관도 가고 음악회도 가고. 마침 조성진 리사이틀도 하더라고. 나는 고개를 번쩍 든다. 정말? 나의 즉각적인 반응 앞에서, 마리아는 오늘 본 중에 가장 만족스러운 얼굴이 된다. 언니 것까지 티켓 끊었어. 가자!

마리아의 제안에 나는 바로 고민에 빠진다. 조성진이라니. 이건 가야 한다. 갈 수만 있다면. 갈 수가 있나? 조성진 콘서트를 보자고 도쿄까지 가는 게 맞나? 머릿속이 잔뜩 복잡해진 사이, 마리아가 적극적으로 조르기 시작한다. 가자, 언니. 요즘 너도나도 도쿄 가는데, 게다가 10월이면 날씨도 알맞고. 나는 마리아의 얼굴을 빤히 본다. 흥분할 때마다 습관적으로 코를 벌름거리는 마리아는 이미 콧구멍에 힘을 잔뜩 주고 있다.

그것을 보자마자 나는 이 아이의 진짜 목적을
간파해버리고 만다.

　최근 2년 내내 마리아는 나를 끌고
어디라도 가지 못해 안달이었다. 언니
일본 갈래? 베트남 갈까? 필리핀은? 아예
유럽은 어때. 이탈리아? 프랑스? 오로라
보러 아이슬란드 갈래? 노르웨이도 좋은데.
나는 꿈쩍도 하지 않았다. 마리아는 힘든
일이 생기면 밖으로 나돌았지만 나는 힘든
일이 있으면 죽은 식물처럼 한곳에 가만히
있었다. 바닥에 납죽 엎드려 움직이지 않았다.
움직이지 않는 시간을 버텨낼 유일한 방법은
그것뿐이었다.

　다행히 오늘은 마음이 조금 동한다.
오랜만에 마리아의 얼굴을 마주해서 그런지,
2년이란 시간이 흘러서 그런지는 모르겠다.
어쩌면 정말로 조성진 때문인지도. 나는

민어전을 통째로 입에 넣으면서 계속
망설인다. 그때, 마리아가 한숨을 쉰다. 아,
이건 나중에 말하려고 했는데. 마리아는
비장하게 운을 띄운다. 이번 프로그램에 그거
있어. 스크랴빈 에튀드.

스크랴빈을 알려준 사람은 탄이다.
영화음악을 하면서 클래식에 눈을 뜨게 된
탄은 러시아 작곡가의 음악을 많이 들었는데
그중 알렉산드르 스크랴빈의 후기 음악을
가장 좋아했다. 라흐마니노프나 쇼스타코비치
같은 경우는 음악을 듣는 것만으로 어떤
분명한 이미지가 그려지는 데 반해
스크랴빈의 후기 음악은 이해하기 어렵고
미스터리해서 무한한 상상을 불러일으킨다는
거였다. 탄은 늘 실험적인 것에 흥미를
보였다. 도무지 이게 무슨 음악인지 알 수

없는 것부터 기묘하게 아름다운 음계의
나열들까지 깊게 파고들었다. 아널드
쇤베르크와 에릭 사티, 존 케이지와 필립
글래스를 거쳐 아르보 패르트까지 두루
사랑한 것도 같은 맥락이었다. 나는
탄의 취향을 이해할 수는 있었지만 함께
즐기지는 못했다. 그러나 탄은 늘 그랬듯
나를 조금이나마 자신의 세계로 끌어당기기
위해 노력했다. 어느 날 블라디미르
호로비츠가 피아노를 연주하는 영상 하나를
보여준 것도 그래서였다. 영상은 순식간에
나를 사로잡았다. 화려하면서도 슬프고
복잡하면서도 낭만적인 것이, 꼭 피아노로
쓰인 절절한 연애편지 같았다. 탄은 내 말에
고개를 끄덕였다. 그래서 관객에게 인기도
많았고, 호로비츠도 이 곡을 앙코르 곡으로
가장 많이 연주했다고. 탄은 나를 지그시

바라보며 덧붙였다. 무엇보다 이 곡은 우리랑
관련이 깊지.

그즈음, 탄에 대한 나의 연정은 거의
희미해진 터였다. 어느 정도 생활이 안정되자
당시 내 감정이 탄의 말처럼 착각에
가까웠다는 걸 알게 됐다. 완전히 착각은
아니었노라 혼자서 고집을 부리고 있긴
했지만, 솔직히 탄의 혜안을 인정하지 않을 수
없었다. 그런데 이 곡이 우리와 관련이 깊다니
갑자기 무슨 소리인가. 나는 당황스러운
마음으로 건반을 때려 부술 듯 피아노를 치는
호로비츠만 뚫어져라 쳐다보았다. 그런 내
눈앞에 탄이 핸드폰을 들이밀었다. 화면엔 곡
제목이 확대되어 있었다. 〈Skryabin—Etude
Op. 8 No. 12〉 탄은 손가락으로 액정을
톡톡 두드리며 말했다. 우리 테마 곡 바꿀
때가 됐어. 나는 민망함과 안도감이 섞인

웃음을 터뜨렸다. 이토록 아름다운 8과 12의 발견이라니. 정말이지 다시없을 발견이었다.

그날 이후, 나는 호로비츠뿐 아니라 예프게니 키신과 조성진이 연주하는 영상까지 모조리 찾아내어 닳도록 보았다. 스크랴빈의 폭발적인 선율은 시도 때도 없이 온 집 안에 울려 퍼졌다. 클래식을 별로 좋아하지 않는 마리아마저도 청소를 하면서 흥얼거릴 수 있을 정도였다. 우리는 언젠가 다 함께 스크랴빈 연주회에 가자고 약속했다. 한동안은 밥을 먹으며 피아노 연주회 얘기만 할 정도였다. 하지만 시간이 흐르면서 약속은 흐지부지되었다. 탄과 마리아도 연주회를 완전히 잊은 것 같았다. 나는 아쉬운 마음에 혼자라도 가볼까 했지만 결국 가지 않았다. 셋이 함께 보는 게 아니면 아무 의미가 없었기 때문은 아니었다. 혼자서 의리를 지키려던

것도 아니었다. 그건 수개월에 걸쳐 갈고닦은
상상 때문이었다. 상상 속에서,

　　우리는 어두운 콘서트홀에 나란히
앉아 있다. 무대 위엔 하얀 셔츠를 입은
피아니스트와 검고 아름다운 스타인웨이가
핀 조명을 받고 있다. 우리는 두근거리는
마음으로 무대를 바라보다가 피아니스트의
왼손이 검은 건반 위에 올라가면 온몸의
감각을 열고 준비 자세를 취한다. 하지만
준비를 미처 끝내기도 전에 피아노의 선율은
미친 듯이 휘몰아친다. 천장에서 쏟아지는
듯한 거대한 파동. 건반으로 빨려 들어갈
듯 몰입한 피아니스트의 옆얼굴. 숨을
멈췄는데도 세차게 뛰는 심장박동. 그 모든
것들이 우리를 완전히 압도한다. 겪었거나
겪지 못했던—앞으로 겪게 되거나 어쩌면
겪지 못할 수도 있을 사랑과 상실의 세계로

우리를 완벽하게 밀어 넣는다.

　오랜 시간 반복되고 다듬어진 상상은
내가 없이도 세상에 존재할 수 있게 되었다.
그리하여 어느 날, 자연스럽게 과거의 한
모퉁이에 자리 잡았고 영원히 약속이 지켜질
수 없게 된 이후에도 가끔 나를 찾아왔다.
이제 나는 그것이 다른 기억들처럼 추억의
일부가 되었다는 것을, 추억 중에서도 가장
아름다운 추억이 되었다는 것을 안다. 그러나
그 상상은 오직 나만의 추억이었다. 나는
그것을 탄이나 마리아와 공유하지 못했고
결국 둘 중 한 명에게는 영영 말하지도 못하게
되었다.

9

　덜덜거리는 트롤리 바퀴 소리가

들리더니 음식이 들어온다. 전복더덕밥과
명태코다리조림, 두부어리굴젓과
미역된장국이다. 이미 배가 부른데도
맛깔스러운 음식을 보니 또 침이 고인다.
마리아가 내 손등을 톡톡 친다. 언니, 노을
진다. 하늘은 온통 붉은 오렌지 빛이다. 엷고
긴 구름은 빛에 감싸여 빨래처럼 너울거리고
그 밑으론 짙푸른 언덕의 윤곽이 그림자처럼
펼쳐져 있다. 나는 석양의 풍경에 완전히 넋을
놓은 채로 옆자리를 툭툭 치며 말한다. 야,
저것 좀 봐. 탄은 반응이 없다. 나는 하늘에
시선을 고정한 채 손을 뻗어 탄을 찾는다.
저것 좀 보라고, 밥만 먹지 말고 하늘도 좀
보라고. 하지만 내 손은 계속 허공만 헤맨다.
당황한 내가 옆을 돌아보는 순간, 마리아가
내 손등 위에 자신의 손을 부드럽게 얹으며
말한다. 언니, 우리 얼른 먹자.

우리가 함께 살았던 마지막 날은 3월의 마지막 주 월요일이었다. 우리는 기념 삼아 '8과 12의 발견' 놀이를 했다. 나는 몇 번의 점프로 자신의 인생을 다른 곳에 옮겨다 놓았던 남자를 발견했다. 1960년 8월 12일에 랠프 보스턴이 제시 오언스의 기록을 깨고 세계신기록을 세웠어. 내 말이 끝나기가 무섭게 탄이 받아쳤다. 1992년 같은 날, 존 케이지가 뉴욕에서 세상을 떠났지. 마리아가 시무룩하게 말했다. 아, 올해는 나만 못 찾았네!

우리는 8월 12일마다 만나서 계속 이 의미 없는 놀이를 하기로 했다. 탄은 가능하면 분기마다 만나자고 했다. 마리아도 그게 좋겠다고 했다. 1년에 한 번은 너무 적다고, 계절마다 만나서 잘 살고 있는 걸 확인하자고. 나는 좋다고, 꼭 그러자고 했다. 그게 말처럼 쉽지 않으리라는 걸 알고 있었지만 그냥 모른 척했다. 알고 있던 것도 모르는 척 살다 보면 없는 일이 되기도 하니까. 우리는 계속 함께 살 수 없다는 사실을 모른 척했다. 언젠가 서로보다 더 중요한 게 생기리란 사실을 모르는 척했고, 언젠가 서로에게서 완전히 떠날 수 있다는 걸 전혀 모르는 척했다.

우리는 아무것도 모르는 사람이 할 수 있는 가장 단순하고 지속적인 대화를 나누었다. 내일 눈 온다는데? 아 제발. 왜 3월에 눈이 와? 안 나가고 싶다. 하루만 실컷 자고 싶다. 그거 알아? 우리나라 평균 수면 시간이 8시간 12분이래. 끼워 맞춰도 정도가 있지, 우리나라 사람들이 8시간 넘게 잘 리가 없어. 진짜야. 그만큼 못 자는 건 우리뿐일지도 몰라. 요즘 밤에 8시간 일하면 7만 원 받는다던데. 그럼 사람들은 매일 7만 원을 버리면서 자는 거네.

그 말에 한 사람이 한숨을 크게 쉬었고 한 사람은 크게 웃었다. 나머지 한 명이 매일 7만 원을 버리면서 자도 잘 사는 사람들이 되자고 했다. 다른 한 명이 그럴 수 있을 거라고 했다. 또 다른 한 명은 어디 한번 두고 보자고 했다.

올해 최저임금자의 8시간 야간 수당은 11만 8320원, 약 12만 원이다. 매일 7만 원을 버리면서 자도 잘 사는 사람들이 되자고 했던 사람과 어디 한번 두고 보자고 했던 사람은 이 사실을 알지만 그럴 수 있을 거라고 했던 사람은 모른다. 대신, 그럴 수 있을 거라고 했던 사람은 정말로 그럴 수 있게 되었고 그럴 수 있는 삶을 살다가 갔다. 그러니 그 사람이 지금 이 사실을 모른다는 것쯤은 그리 안타까운 일이 아닐지도 모른다.

10

마리아가 억지로 숟가락을 쥐여 준다.
언니, 여기가 양이 좀 많아. 그래서 빨리
먹어야 다 먹을 수 있다? 나는 마리아에게
사과한다. 미안하다. 내가 왜 이러는지
모르겠어. 마리아는 그러지 않아도 된다면서
내 손을 잡는다. 무엇을 그러지 않아도
된다는 걸까. 사과하는 것을? 없는 탈을
있다고 생각하는 것을? 나는 숟가락을 쥔
채로 하늘을 본다. 8월의 석양은 길어서
좋다. 아직도 붉은 노을 띠가 능선을 따라
너울거리는 것이, 언제까지고 계속 그
자리에서 불타오를 것 같다. 그러나 늘
그랬듯 하늘은 갑자기 변할 것이다. 순식간에
어두워지고 언제 빛이 있었냐는 듯 캄캄해질
것이다.

탄은 4월에 갔다. 장례식장에선 탄이
작곡한 연주곡들이 깔렸다. 그중에 꽤 익숙한
멜로디가 있었다. 비발디의 〈사계〉였다. 탄의
애인은 탄이 비발디의 〈사계〉를 좋아했다고
했다. 가장 최근까지 작업했던 것도 〈사계〉를
목관악기와 양금을 써서 편곡한 거였는데
그것이 곧 현대무용극의 음악으로 올라간다고
했다. 나는 죄다 처음 듣는 사실이었지만 함께
듣고 있던 마리아는 옆에서 고개를 끄덕였다.
맞아요, 오빠가 〈사계〉 좋아해서 예전부터
여러 버전으로 편곡했죠. 나는 뾰족하게
솟아오르는 섭섭함을 누르며 물었다. 아, 그
정도로 좋아했어? 언제부터?

　　마리아는 꽤 예전부터 알고 있었다고
했다. 탄이 아팠고, 아파서 간 병원에서
병이 아니라 죽음을 통보받았고, 그런데도
마지막까지 음악 작업을 했고, 그러면서

결혼을 약속한 애인에게는 이별을 고했다는 것을. 이 모든 일들이 불과 몇 달 사이에 벌어졌다는 것을. 나는 그걸 최후의 최후에 알게 되었다. 그것도 병원으로 가는 택시 안에서. 나는 일단 부정하고 보았다. 저번 주에도 걔하고 연락했는데? 목소리가 아주 멀쩡하던데? 결혼 선물도 미리 보내주던데? 내 말에 마리아는 더듬더듬 말했다. 너무 갑작스러워서 어떻게 말을 꺼낼지 몰랐나 보다. 아무래도 언니가 결혼 준비를 하고 있으니까……. 왜, 결혼 앞두고 장례식장이나 병원 가지 말란 말 있잖아.

　나는 기가 차서 병원에 가는 내내 아무 말도 하지 않았다. 대신 머릿속으론 그간 탄과 주고받았던 메시지와 연락들을 하나씩 되짚어보았다. 바쁘다는 핑계로 취소된 약속들. 너무 이른 결혼 축하와 선물들.

새삼스러운 안부를 가장한 마지막 인사들. 그것들이 어처구니가 없을 정도로 툭툭 튀어나와 가슴 안쪽을 찌르고 긁어대는 바람에, 나는 아무것도 말해주지 않은 탄을 향한 섭섭함을, 아무것도 눈치채지 못했던 나 자신을 향한 분노를 참으려고 애써야만 했다. 병원에서 계속 입을 다물고 있었던 것도 그래서였다. 나는 탄 대신 애꿎은 침대 옆 협탁만 뚫어져라 쳐다보며 고집스레 침묵을 지켰다. 탄은 그런 내게 집요하리만치 말을 걸었다. 결혼 준비는 잘되고 있느냐, 뭐 해줄 건 없느냐, 신혼집은 잘 구했느냐, 신혼여행은 어디로 갈 거냐. 나는 성실하게 답하면서도 끝까지 탄을 쳐다보지 않았다. 죽어가는 친구를 앞에 두고 섭섭함과 분노와 자책에 휩싸여 있는 모습을 들키고 싶지 않았기 때문이다. 병실 침대에 누워 있는 그 애를 보고 결국 이 말도 안 되는 상황을 인정하게 될까 봐 무서웠기 때문이다. 탄은 전부 알고 있다는 듯이, 자신도 마찬가지라는 듯이 조용하게 말했다. 미안하다. 미안하게 됐다.

그게 오래도록 남아 문득문득 질문을 던졌다. 탄은 어떤 심정으로 그 말을 했는가. 그 말을 하고 나서는 또 어떤 심정이 되었는가. 나는 단 한 번도 그것에 제대로 답하지 못했다. 당연하다. 내가 기억하는 거라곤 탄의 침대 옆 협탁이 가짜 원목이었다는 것과 수평이 맞지 않았다는 것뿐이니까. 모서리와 모서리가 어딘지 비스듬하게 이어진 그 가짜 원목 협탁 위에 탄이 별로 좋아하지도 않는 해바라기가 꽂혀 있었다는 것뿐이니까. 질문에 답하지 못하는 날엔 늘 같은 꿈을 꿨다. 세 평 남짓한 작은 방에 텅 빈 침대와 협탁, 그리고 해바라기가

나오는 꿈. 거기에서 나는 자꾸만 '미안하다'
말했고 방과 사물들은 고집스레 침묵을
지켰다.

장례식장에선 후회할 일을 만들지
않으려고 얼른 정신을 차렸다. 그랬구나. 나도
〈사계〉 좋아하는데. 나는 '봄'이 제일 좋더라.
내 말에 마리아가 반가운 듯 맞장구를 쳤다.
언니, 나도! 나도 '봄'이 제일 좋아! 장례가
끝나고도 봄은 한 달이나 더 이어졌고 나는 그
봄의 끝자락에 결혼했다.

11

탄이 가고 난 후, 내가 몰랐던 사실들이 더
많이 드러났다. 어찌 보면 당연한 일이었다.
우리는 따로 살기 시작하면서 자연스레 삶의

궤를 달리했다. 우리가 서로의 모습이라고 굳게 믿었던 것들은 서로에게서 멀어지자마자 희미해졌고 그것이 새삼스럽지 않을 만큼의 거리도 생겼다. 탄은 내가 생각했던 것보다 사교적이었다. 아는 사람도 많았고 친구도 많았으며 애인은 더 많았다. 그들 사이에서 탄의 세계는 많이 달라졌을 것이다. 내가 동료들과 남편 사이에서 완전히 다른 세계를 구축했듯이. 가끔은 과거가 없는 사람처럼 굴었듯이. 그런데도 나는 내가 모르는 탄에 관한 사실들을 알게 될 때마다 당황스러움을 감출 수가 없었다. 심지어 내가 가진 추억보다 그들이 내놓은 추억이 더 크고 빛나는 것처럼 보이면 슬프기까지 했다. 이런 이유들로 슬픔을 느낀다는 사실 때문에 또 한 번 당황했고 당황한 스스로의 모습을 보며 다시 슬퍼졌다. 당황-슬픔-당황-슬픔-당황-슬픔.

이 무한한 굴레에서 쉬이 빠져나오지 못하는
나를 보며 남편은 말했다. 아무래도 당신은
탄의 부재를 부정하는 단계에 있는 것 같다고.
탄이 여전히 살아 있다고 믿기 때문에 계속
서운함을 느끼는 거라고. 심지어 남편은 내가
종종 탄을 살아 있는 사람처럼 말한다고 했다.
나는 말도 안 되는 소리 하지 말라며 폭소를
터뜨렸지만 남편은 진지하게 생각해보라고
말했다. 2년 내내 탄을 아는 사람들은 다
피하지 않았느냐고. 작년 기일엔 마리아도
안 만나지 않았느냐고. 나는 이제 좀 걱정돼.
마리아 씨도 당신 괜찮으냐고 물어보더라.
그래서 내가 뭐라고 한 줄 알아? 당신도
여전하고 당신 머릿속의 탄도 여전하다고
했어. 아주 둘이 여전히 찰싹 붙어 있다고.

　　남편은 틀리지 않았다. 한차례 비가 내려

나무의 초록이 밤처럼 짙어지고 저녁때마다 하늘이 분홍빛으로 물들면 탄은 어디선가 나타나 내 옆을 맴돌았다. 그냥 맴도는 게 아니라 말까지 걸었다. 특히 혼자 영화를 보고 있을 때면 묻지도 않은 영화에 관한 갖가지 정보를 들려주었는데 그게 너무 시끄러워서 영화를 제대로 볼 수 없을 정도였다.

한번은 탄이 가고 나서 만들어진 최신 영화를 틀었다. 평소 탄이 좋아하던 감독의 신작이었다. 나는 탄의 반응을 기대했다. 친구 덕분에 죽어서도 신작을 볼 수 있다며 흥분하리라고 생각했다. 그러나 탄은 영화를 틀자마자 소리 없이 사라져버렸고 그런 일은 몇 번이나 더 반복되었다. 그날 이후로 나는 무조건 탄이 살아 있을 적에 개봉한 영화만 틀었다.

올여름이 오기 전엔 일부러 탄이

좋아했던 영화를 몇 개 골라두었다. 그중엔
탄이 영화음악 공부를 같이 하자면서 나와
마리아까지 끌어들인 작품도 있었다. 강제로
보긴 했지만, 그 영화는 나와 마리아의 마음을
뒤흔들어놓았다. 지금도 우리는 그 영화를
곱씹으며 나이 든다는 것과 그걸 받아들이는
것을, 그 사이를 가로지르며 만나게 되는
인연들과 한때의 아름다움을, 상실과 사랑도
조삼모사가 될 수 있는지를, 그렇다면 잃고
나서 얻는 사랑과 얻고 나서 잃는 상실은
어떤 흔적을 남기는지를 말했다. 대화는 대개
쓸쓸하게 끝나곤 했지만 우리는 그 쓸쓸함을
좋아했고 그것이야말로 우리가 계속 이
영화에 대해 이야기하는 이유였다.

　　그러나 처음 영화를 다 함께 보았을
때 우리의 대화는 매우 1차원적이었다.
마리아는 화부터 냈다. 아무리 노인의

얼굴로 태어났다지만 아기를 양로원에
보내다니. 탄은 현명한 판단이라고 했다.
애들 사이에서 놀림 받고 크느니 노인들
사이에서 사랑받으며 큰 게 다행이라고.
나는 둘 다 영화를 제대로 본 게 맞느냐고
물었다. 아버지란 사람은 원래 애를 강물에
던지려다 경비원이 쫓아오는 바람에 아무 집
계단에나 올려둔 거라고. 그러니까 생각이
있어서 양로원에 갖다 놓은 게 아니라 그냥
버린 거라고. 내 말에 탄은 갑자기 흥분하며
반박했다. 무슨 소리야, 버렸다니. 그러면
나중에 어떻게 찾아왔겠어? 마리아도 탄의
편을 들었다. 그래, 원작 소설에서는 부모가
데려다 잘 키우더라. 나는 두 사람의 반박에
어깨만 으쓱했다. 어찌 됐든 영화 속에선,
아버지가 주인공을 버렸고 나중에서야 다시
찾아온다. 클리셰. 이런저런 이야기를 하며

'내가 너의 아버지'라는 힌트를 흘리고 죽기 직전 유산까지 물려준다. 클리셰. 마음이 따뜻한 우리의 주인공은 아버지를 용서한다. 그리고 아버지와 함께 호숫가에서 해돋이를 본다. 완벽한 클리셰. 나는 온갖 클리셰들을 보며 지겨워했다. 어떤 감흥도 느끼지 못했다. 오히려 주인공이 가족을 위해서 아버지의 유산을 다 팔아치울 때 큰 감동을 받았고, 딸을 그리워하며 '너의 유치원 졸업식에 가고 싶다'고 적었던 엽서가 나오는 장면에선 이 영화를 보게 된 걸 조금 후회하기까지 했다.

탄은 아니었나 보다. 올여름, 다시 이 영화를 틀었을 때 탄은 호숫가의 해돋이 장면에서 고백하듯 속삭였다. 우리가 너무 질색을 해서 말을 못했지만 사실 저 장면을 많이 좋아했다고. 지금 흘러나오는 음악까지도 아주 많이 사랑했노라고. 탄은

쑥스럽다는 듯 웃으며 말했다. 내가 특정
클리셰에 좀 약하거든.

　　나도 마찬가지였다. 클리셰가 결핍과
취약점의 이중주나 다름없다는 사실을
생각하면, 나 역시 어떤 클리셰로부터는
영영 자유로울 수 없었다. 그러나 탄은
클리셰를 판타지로 승화했다. 이기지
못하므로 사랑해버리는 것. 피할 수 없으므로
껴안아버리는 것. 그게 바로 탄이 자신의
취약점을 대하는 방식이었다. 나는 반대였다.
이기지 못하는 건 피했고 결핍은 무시했으며
갈망으로부터는 도망치기 바빴다. 결핍과
취약점을 대하는 방식은 종종 인생을
대하는 방식으로 대치된다. 탄의 인생이
탄의 판타지를 닮아갈 때 나의 인생은
내 방어기제를 닮아갔다. 나는 그 사실을
슬퍼하지 않았다. 방어기제와 판타지는

대척점에 서 있는 쌍둥이였고, 나는 내 인생의
모양이 탄의 인생의 모양을 반증할 수 있다는
사실에 오히려 기뻤다. 그리하여 더 이상 탄의
시간이 흐르지 않게 된 이후에도 기꺼이 나의
회피와 망각을 사랑하기로 했다.

12

더 이상 배에 들어갈 곳이 없다고 느낄
즈음 셔벗 위에 배와 대추가 올라간 디저트와
잣을 띄운 수정과가 나왔다. 마리아가 셔벗
그릇을 들고는 또 한 번 코를 찡긋거린다.
배가 터질 것 같겠지만 입가심이라도 하라는
표정이다. 나는 마리아를 따라 스푼으로
셔벗을 조금 떠서 입에 넣는다. 창밖의 잔디는
어둡지만 언덕배기 너머엔 아직 보랏빛이
남아 있다. 능선을 따라 부드러운 빛의 윤곽이

번지는 게, 졌던 해가 도로 뜰 것 같다는 이상한 생각이 든다. 나는 마리아에게 여긴 정말 뷰가 좋다고 한 번 더 말한다. 마리아는 빙긋 웃는다. 탄은 여전히 말이 없다. 없으니까 말이 없겠지. 탄은 있다가도 없고 없다가도 있다. 지금은 없는 때이고, 그걸 굳이 확인할 필요는 없다. 언니 그거 알아? 마리아가 조용히 나를 부른다. 천천히 시선을 돌리자 마리아가 개구진 미소를 지으며 말한다. 굿거리장단도 8분의 12박자야. 마리아의 얼굴 위로 어릴 적 모습이 비친다. 어리광을 부릴 때의 모습. 게임에서 이기고 좋아하는 모습. 자기 전 재잘거리는 모습. 졸업식 날 요리를 먹을 때의 모습. 퇴소하는 나를 배웅할 때의 모습. 그리고 기차에서 내려 두리번거릴 때의 모습. 우리를 발견했을 때의 모습. 우리에게 달려올 때의 모습.

그날, 마리아가 탄 기차는 컵에 든
얼음이 다 녹을 즈음에 왔다. 나는 멍하니
기차가 오는 방향의 반대편을 바라보고
있었는데 기차가 오는 것을 소리나 바람으로
알아차리기 전에 탄의 눈이 밝아지는 걸 보고
알았다. 탄이 자리에서 벌떡 일어나며 말했다.
온다. 그 말만으로 충분해서 나는 기차가
완전히 설 때까지 뒤를 돌아보지 않았다.

헤어지기 전, 마리아는 한 번 더
신신당부한다. 언니, 10월이야. 알겠지?
이번엔 진짜 가는 거야. 나는 웃으며 고개를
끄덕인다. 그런 내 모습이 영 미덥지 않았는지
마리아는 쉽게 돌아서질 못한다. 언니,
우리가 언제 해외여행을 같이 해보겠어.
가자. 가서 바람 쐬고 오자. 나는 알겠다고,
잘 생각해보겠다고, 집에 도착하자마자

연락주겠다고 말하며 마리아를 떠민다. 어떻게든 나를 끌어내려 애쓰는 마리아의 손을 다시 한번 꽉 쥐어준 후 보낸다.

도로로 빠져나가는 마리아의 귀여운 차를 보면서 나와 탄은 계속 손을 흔든다. 나는 탄에게 언젠가 나도 저 차를 꼭 탈 거라고 말한다. 탄이 고개를 젓는다. 저거 승차감 별로야. 꼭 저런 걸 좋아하는 애들이 있더라. 넌 이제 애도 아닌데 왜 그러냐. 나는 탄을 보고 선다. 너, 오늘 하루 종일 멍청하게 웃기만 하더니 말문이 이제 터졌다? 탄은 멋쩍게 웃는다. 그 웃음에 문득 예전부터 궁금했던 것이 떠오른다.

언제부터 그렇게 〈사계〉를 좋아했어? 탄은 기다렸다는 듯 대답한다. 존 케이지가 처음으로 오케스트라 편곡한 작품이 비발디의 〈사계〉였어. 머스 커닝햄의 무용극을 위한

음악이었고. 나는 알 것 같다는 표정으로
고개를 끄덕인다. 탄은 존 케이지를 좋아했고
언젠가 자신이 존 케이지 같은 전위적인
작품을 쓰리라고 믿었다. 본인은 극구
부정했지만 나와 마리아는 탄의 비밀스러운
욕망을 항상 알고 있었다. 근데 그거 알아?
탄이 말한다. 〈사계〉는 원래 바이올린
협주곡의 일부였어. 그리고 사계가 포함되어
있는 원곡은 바이올린 협주곡 작품 번호 8번,
총 12곡이지. 탄은 뿌듯한 표정으로 웃는다.
그걸 보니 다시 마음이 울렁거린다. 방금 전
마리아에게서 앳된 얼굴을 발견했을 때처럼
이상하게 덜그럭거린다. 그래서 아무 말이나
던지고 만다. 그럼 나머지 여덟 곡은? 그것도
계절에 관련된 거야? 탄은 피식 웃는다. 아니,
그건 화성과 창의의 시도°야.

　　나는 탄의 대답을 이해하지 못한다.

그렇지만 그게 뭐냐고 되묻지도 않는다.
그랬다간 한여름 밤에 영업이 끝나가는
식당 앞의 주차장에 서서 꼼짝없이 탄의
기나긴 설명을 들어야 할 테니까. 그 설명을
술술 생각해낼 정도로 음악사에 해박하지
않으니까. 나는 탄이 그랬던 것처럼 그저
미소 짓는다. 어떻게 보면 무심하고 어떻게
보면 다정한 미소. 굳이 말하자면, '아 그래?'
하는 미소를 짓고 돌아선다. 올해는 나만 못
찾았다.

●   〈사계〉의 원곡인 비발디의 바이올린 협주곡 Op. 8의 원제.

작가의 말

인생 자체가 시절 인연으로 이루어진 거대한 사이클임을 절감했던 때가 있다.

분명 누군가를 아주 먼 곳으로 보낸 후였을 것이다. 그렇지 않아도 원래 인연이 끝나면 그런 생각을 잘 하는 편이다. 우리 시절이 끝났구나. 지나갔구나. 닿을 수 없는 곳으로 떠나버린 사람뿐만이 아니라 그저 친했다가 멀어진 사람들을 두고도 그런 생각을 한다. 멀찍이 서서 씁쓸해하거나 후회하지 말고 계속 연락하면서 연을

이어가면 되지 않느냐는 말을 듣기도
했지만, 역시 이건 그런 문제가 아니야, 이
인연은 여기서 정리되는 게 맞는 것 같은데,
라는 생각을 하며 다음 파트라고 여겨지는
하루들을 살았다. 그 하루들이 쉬웠던 때도
있고 무척 어려웠던 때도 있다. 그래도
어떻게든 지내다 보면 계절이 흘러갔다.

매 계절의 시작과 끝에는 〈사계〉를
들었다. 차이코프스키의 〈사계〉와 비발디의
〈사계〉 모두 좋아하지만, 열두 달로 나뉜
차이코프스키의 피아노 독주곡은 날씨와
계절에 상관없이 수시로 들었던 데에 반해
사계절로 나뉜 비발디의 합주 협주곡은
정확히 계절의 시작과 끝에 맞춰서 듣곤
했다. 그것은 절반은 습관이었고 절반은
의식이었다. 한 계절을 보내고 다음 계절을
맞이하기 위한 루틴. 지나갈 것은 지나가고

다음은 오기 마련이라는 사실을 다짐처럼
새기기 위한 의식. 물론 계절의 한복판을
지나다보면 〈사계〉만큼 들어맞는 음악을 찾을
수 없겠다는 생각이 드는 순간이 있기도 했고
어쨌거나 그런 덕분에 내 플레이리스트엔
지금도 비발디가 있다.

　나는 그 플레이리스트에 '사계
행진'이라는 이름을 붙였다.

　'사계 행진'은 피나 바우쉬의 작품
〈NELKEN〉에 등장하는 춤 이름으로,
무용수들이 사계절을 간단한 팔 동작으로
표현하며 행진하는 것이다. 무용이라고
하기엔 행진에 가깝고 그냥 행진이라고
하기엔 무용에 가깝지만 그것은 내가 본 그
어떤 몸동작보다 아름다웠다. 빔 벤더스의
영화 〈피나〉의 오프닝 장면에서 그 아름다움은
더욱 두드러진다.

텅 빈 무대. 핀 조명 아래에서 아코디언을
두른 무용수가 봄과 여름과 가을과 겨울을
외치며 팔 동작으로 사계를 표현한다.
무용수가 같은 동작을 한 번 더 반복할
때 루이 암스트롱의 〈West End Blues〉가
흘러나오고 무대 뒤편에서 수트와 드레스를
입은 무용수들이 같은 동작을 반복하며
한 줄로 걸어 나온다. 그들은 춤을 추며
천천히 무대를 가로지르고 투명한 빛으로
이루어진 장막 뒤로 돌아 들어갔다가 다시
무대에 나온다. 행진은 무대 밖에서도 계속
된다. 화면 전환. 옅은 분홍빛 석양이 깔린
하늘과 잿빛 언덕. 색색의 드레스를 갖춰
입은 무용수들이 하늘과 언덕의 경계선을 한
줄로 걸어간다. 잠시 멈췄던 루이 암스트롱의
노래가 다시 흘러나오면 카메라는 행렬
가까이 다가가 그들 하나하나의 얼굴을

비춘다. 카메라를 보고 환하게 웃으며, 언덕 위로 불어오는 거센 바람을 맞으며, 각자의 몸 앞에서 계절을 반복하며, 스크린을 가로지르는 사람들을. 이쪽에서 저쪽으로 계속 걸어가는 사람들을. 그들과 실제로 '사계 행진'을 함께한 적이 있었다. 피나 바우쉬의 부퍼탈 탄츠 테아터가 〈NELKEN〉 공연을 들고 일본으로 왔을 때였다. 공연 하나 보겠다고 일본에 갈 수 있는 상황은 아니었지만 그때 나는 또 다른 상실의 사이클 안에서 허덕이고 있었다. 게다가 공연을 보러 유럽까지 가는 것보다는 일본으로 가는 것이 더 현실성 있어 보였기에 결국 보통 때라면 하지 않을 선택을 했다.

당시 일본에 살던 친구와 함께 공연을 보러 가던 길이 기억난다. 공연 시간을 맞추지 못할까 봐 지하철에서 내리자마자 뛰었던 것, 뛰다가 커피를 쏟아서 온몸에

커피 냄새를 풍기며 공연장에 들어섰던 것,
그리고 거기에서 '사계 행진'을 직접 해보았던
것까지도. 그러나 가장 기억에 남았던 건
공연이 끝나갈 즈음 무용수들이 사계 행진
안무를 가르쳐준 것이었다. 나는 잔뜩 상기된
표정으로 '사계 행진'을 열심히 따라 했다.
그러면서 내가 지나왔던, 혹은 지나가고
있는 계절들을 떠올렸다. 그것들을 완전히
놓아버리려고, 흘려보내려고, 그래서 그다음
봄으로-여름으로-가을로-겨울로 나아가려고
애를 썼다. 어찌나 애를 썼는지 공연이 끝난
후엔 온몸이 땀에 젖어 있었다. 무용수들이
퇴장한 무대엔 수천 개의 카네이션과
의자들이 남아 있었다. 계절은 지나가고
사람도 사라졌지만 무대엔 그 모든 흔적이
그대로 남아 있었다.

　　지금도 가끔 그 무대를 떠올린다. 그럴

때마다 혼자 '사계 행진'을 추면서 집을
돌아다닌다. 특히 이 소설을 쓸 때 '사계
행진'을 자주 췄는데 그러면서 나와 한때를
보냈던 사람들을 생각했고 그들과의 계절을
떠올렸다. 그 시간들을 더 잘 흘려보내기를
바라며 '나'와 '탄'과 '마리아'의 이야기를
썼다. 그렇지만 너무 많은 것은 쓰지 않으려고
노력했다. 활자로 드러나지 않은 세 사람의
어떤 순간들이 행간에 고여 있기를 바라면서,
오직 그것만이 그들의 시절을 그들만의
것으로 만들 수 있다고 믿으면서 썼다.

〈화성과 창의의 시도〉라는 제목을 붙이게
된 건 그래서였다. 나의 개인사가 피나의 '사계
행진'에서 비발디의 〈사계〉로 자연스럽게
이어진 것처럼 '나'와 '탄'과 '마리아'의 역사도
쓰이지 않은 것들과 쓰인 것들로 인해 온전한
흐름을 만들 수 있으리라고 생각했다. 마치

비발디의 합주 협주곡 8번이 〈사계〉로 남은 첫 네 곡과 더 이상 연주되지 않는 나머지 여덟 곡으로 이루어진 것처럼. 그것들이 한때 〈화성과 창의의 시도〉라는 이름 아래 하나의 흐름을 가졌던 것처럼.

가끔 내 삶에도 동명의 이름을 붙이고 싶다. 흘려보낸 것과 스스로 퇴장한 것들, 그럼에도 여전히 현재의 무대 위에 남아 있는 것들을 합쳐서 〈화성과 창의의 시도〉라는 이름을 붙일 수 있다면 좋겠다. 그리하여 과거와 지금이, 기억과 생각이, 쓴 것과 쓰고 있는 것이, 그 밖의 모든 미래와 상상과 쓰지 않은 것들이 하나의 원제 아래 흐르고 있다고 믿고 싶다.

2024년 가을
김희재

김희재 작가 인터뷰

Q. 《화성과 창의의 시도》는 '탄'과 '마리아', '나' 세 사람을 잇는 '8과 12의 발견'으로 시작되는 이야기입니다. 스톤 로지스의 〈I am the Resurrection〉은 8분 12초라는 이유로 그들의 테마 곡이 되었고, 메탈리카의 다섯 번째 앨범인 〈메탈리카〉가 1991년 8월 12일에 발매되었다는 이유로 그들의 최애 앨범이 되었지요. 소설은 이를 통해, 얼핏 끼워 맞춘 것처럼 보이는 하나의 우연이 때론 정의되지 않는 인연을 더욱 견고히 만든다는 걸 알려주는 듯합니다. '8과 12의 발견'이라는 주제를 가져오게 된 이유는 무엇일까요?

A. 〈작가의 말〉 첫머리에도 썼지만 언제부턴가 사는 것이 시절 인연으로 이루어진 거대한 사이클 같다는 생각을

했습니다. 단순히 사람과 사람 사이뿐
아니라 우리를 둘러싼 수많은 세계가 만남과
상실과 우연의 연속 같다고요. 그래서 이것을
소설로 써보자, 우연들이 잘게 이어지고,
그 연결에서 인연이 생겨나고, 생각지도
않은 타이밍에 과거가 호출되고, 때로는
누군가의 미래에 불려가기도 하며, 멀리
떨어져 있던 것들이 종내에 하나의 흐름
안에 종속되는 것을 만들어보자, 하는 마음을
갖게 되었습니다. 소설 속에서 8과 12라는
숫자는 그 흐름을 엮는 중요한 지표지만,
숫자를 먼저 정해놓고 소설을 시작했던 건
아니었어요. 처음은 탄이었죠. 전사 작업을
가장 먼저 한 인물이 탄이었거든요. 먼저
탄을 작곡가로 설정하고 나니 탄이 잘
쓰는 곡의 장르도 정하고 싶어졌습니다.
마침 제가 국악 믹스 작업을 하고 있어서

자연스레 국악 장단에 서양 화성을 융합하는 크로스오버 장르를 떠올렸고, 탄의 전사에 '자진모리장단은 8분의 12박자다'라는 문장을 써넣게 되었습니다. 그런데 그 문장을 계속 보다 보니 '이걸 중요하게 만들고 싶다'라는 생각이 들더군요. 그러려면 이 문장이 세 사람 모두에게 중요한 의미여야 하는데 그 의미를 부여하기엔 '장단'보다는 '8'이나 '12' 같은 숫자가 좋겠다 싶었죠. 그래서 '탄'과 '나'와 '마리아'의 인생에 숫자 하나씩을 부여한 후, 세 사람이 그 숫자에 집착하게 되는 이야기를 떠올렸습니다.

Q. '탄'과 '마리아'와 '나'는 매년 8월 12일 "무언가를 기념하기 위해 한자리에 모이"(13쪽)곤 합니다. 가장 최근 만남은 마리아가 예약한 한식당에서 이루어지는데, 이를 두고 '나'의 남편은 "셋이 모일 때 이탈리안 식당을 선택하지 않는 법을 모른다면 진짜로 친하지 않은 거"(12쪽)라고 말하지요. 이 문장에 우리가 쉽게 공감하는 이유는 왜인지 최소한의 격식이라도 차려야만 할 것 같은 '레스토랑'만의 분위기 때문이기도, '나'의 말처럼 "기념일에 그만한 것이 없기"(13쪽) 때문이기도 한 것 같아요. 혹시 작가님은 이 사람이랑 친해졌다 싶을 때 가려고 염두에 둔 식당이나 음식이 있으신가요?

A. 저는 친해진, 혹은 친해지고 싶은

사람과 식당을 갈 때는 너무 시끄럽지 않은 곳을 갑니다. 음식과 대화에 집중할 수 있는 곳, 마주 보든 나란히 앉든 대화를 계속 이어갈 수 있고 주변에 다른 사람이 있다는 것을 잠깐 잊을 수도 있는 곳을 좋아해요. 딱히 염두에 둔 식당은 없지만 색다른 경험을 해보는 걸 좋아해서 한 번도 가보지 않은 식당에 가는 것도 즐겨요. 다양한 메뉴를 보고 그중에서 몇 가지를 고심해서 선택하고 흘러나오는 음악에 대해서 얘기하고 식당이 가진 고유의 분위기를 느끼다 보면 자연스럽게 함께 간 사람을 더 잘 알게 되는 것 같기도 합니다. 특히 눈앞에 그릇이 놓이면 그때부터는 음식 자체에 대해서만 얘기하기도 하는데 그게 또 재미있더라고요.

Q. '나'는 가장 가깝고 누구보다 서로 의지한다고 믿어 의심치 않았던 '탄'에 관한 새로운 사실들을 듣게 되면서 타오르는 서러움과 섭섭함에 어쩔 줄 몰라 합니다. 작가님의 작품에서는 내가 제일 잘 안다고 자부하는 사람의 새로운 모습을 목도했을 때, 어느 순간 멀어져버리고야 마는 관계에서 느낄 슬픔이 아주 절묘히 표현되는 것 같아요. 《탱크》에서는 둡둡과 양우의 헤어짐이 그랬고요. 다만 《탱크》가 그때의 감정들을 묘사하는 것에 그쳤다면, 《화성과 창의의 시도》는 나아가 그 순간을 이렇게 정의해내는 듯합니다.

"우리는 자기 자신만 생각하며 살았고 '자신'의 범주 안에 서로를 포함시켰다"(38쪽).

서로에 대한 이해와 오해 사이에서 갈등하고 분투하는 청춘 영화의 한 장면이

그려지는데 그들이 저 문장을 일찍이
깨달았다면 삶이 좀 더 평화로웠을까요?
작가님은 그럼에도 '나를 위해' 끝까지
지켜내려 했던 관계가 있나요?

　　A. 만약 그들이 저 문장을 일찍
깨달았다면 삶은 좀 더 평화로웠겠지만
이별도 그만큼 빨리 왔을 것 같습니다.
왜냐하면 세 사람이 자기 자신만 생각하며
그 '자신'의 범주 안에 서로를 포함시켰기에
결국 계속 부대끼면서 살 수 있었던 거라고
생각하거든요. 물론 깨달음의 순간은
각자 달랐을 거라고 생각하며 썼습니다.
그중에서도 특히 '나'에겐 그 깨달음이 늦게
왔고요. '나'는 셋의 만남이 점점 뜸해지고
관계가 전과 같지 않음을 체감하면서도
고집스럽게 '자신'의 범주 안에 서로를

포함시키려 하는 인물이거든요. 심지어 '탄'이 죽었는데도 '탄'에 대해 새롭게 알게 되는 사실 앞에서 미묘한 박탈감까지 느낍니다.

하지만 '나'는 '탄'의 환영과 함께하는 치열한 애도의 시간을 보내며 깨닫게 돼요. '탄'을 향한 이해와 오해, 서운함과 죄책감까지도 전부 자기 자신만을 생각한 행위였다는 것을요. 깨달음은 '나'에게 후회와 자책감, 부끄러움과 그리움을 남기겠지만 그런 감정들 속에서 '나'는 조금씩 '탄'을 놓아주게 될 겁니다. 그 이후에 약간은 쓸쓸한 평화로움이 찾아오겠지요.

저는 관계를 지켜내는 데에 좀처럼 재능이 없습니다. '자신'의 범주 안에 누군가를 포함시키는 것 자체를 두려워하는 편이기도 하고요. 그래서 만남과 상실에 더 예민하게 반응하는 것 같아요. 그렇지만 제 주변의 사람들이 저를 끝까지 참아주고 잡아준 덕분에 모든 관계는 저절로 이어지기만 할 수 없다는 것을, 어느 순간부터는 노력을 하고 공을 들여 지켜내야만 한다는 것을 계속 배우고 있습니다. 결국은 그게 인생을 가장 아름답게 사는 방법이라는 걸 깨달으면서요.

Q. 결국 시설을 나와서 같이 살게 된 세 사람을 "마치 커다란 대야에 몸을 붙이고 부풀어 오르는 세 개의 밀가루 반죽 덩어리"(38쪽)로 묘사한 부분이 인상적이었어요. 누구에게나 한 번쯤 서로의 미래를 상상하며 허세, 허황, 허무로 부풀어지는 시절이 있게 마련이니까요. 이때 '탄'은 음악을 만들고 '마리아'는 그림을 그리겠다는 목표로 부푸는 와중에도 '나'는 거의 부풀지 않고 '그냥 사는 것'에만 초점을 맞추는 시시한 인물로 그려집니다. 그런데 또 '될 대로 되겠지'라며 속없이 웃는 '마리아'와 '내가 뭐라고'를 입에 달고 사는 '탄'과 달리 가장 먼저 비좁은 대야에서 빠져나와 현실에 발을 담그는 사람처럼 보이기도 해요. 한편으론 전형적일 수 있는 '탄'과 '마리아'보다 다소 평범한 듯한

'나'의 캐릭터성에 많은 시간을 들이셨을 것 같은데 어떠셨나요? 특별히 인물들에게 쏟은 설정이나 독특한 개성이 있을지 궁금합니다.

A. 저는 인물들의 성격을 대충 나눠놓고 시작하는 걸 좋아하는데요. 이번엔 그렇게 나눈 성격 유형에 저의 성격적 특성도 조금씩 더해봤습니다. 특히 제 안의 가장 모순적인 부분들을 하나씩 떼어서 세 사람에게 배분해봤어요. 그랬더니 '나'는 성격이 급한 낙관주의자, '탄'은 희망적인 현실주의자, '마리아'는 경계심이 높은 개척자가 되었습니다. 그러나 늘 그렇듯, 소설이 진행되면서 세 사람의 성격도 조금씩 휘어졌습니다. '나'는 성격이 급하고 고집스러운 낙관주의자여서 가장 먼저 시설에서 뛰쳐나오지만 너무 어린 나이에

세상 풍파를 겪은 탓에 갑옷을 입는 법을 배웁니다. 덤덤하게 사는 것도 그 갑옷의 일환이라고 할 수 있지요. '탄'은 매우 현실적이면서도 희망을 잃지 않아서 시설에 있는 내내 '나'와 '마리아'에게 기댈 구석이 되어주었지만 꿈과 현실 사이에서 고민을 거듭하며 자꾸 비관적인 생각을 하게 됩니다. 그렇지만 끝까지 희망적인 모습도 잃지 않았습니다. "매일 7만 원을 버리면서 자도 잘 사는 사람들이 되자"(55쪽)고 했을 때 '그럴 수 있을 거'라고 했던 사람도 '탄'이었으니까요. '마리아'는 곁을 내어주는 사람이 정해져 있고 그 외에는 경계심이 높습니다. 그래서 '나'가 떠났을 때 혼자 많이 힘들어했고, 독립을 하고서도 바로 '나'와 '탄'에게 달려왔죠. 그렇지만 셋 중에서는 가장 도전 정신이 높습니다. '나'와 '탄'이 현실과의 타협으로 괴로워할 때 과감하게 미대 진학에 도전한 것도 마리아이고 실패한 후에도 심하게 좌절하지 않죠. 현재는 이곳저곳을 여행하며 일하는 삶을 살고 있고요. 힘들어하는 '나'를 계속 바깥세상으로 이끌어내려고 한 것도 결국 '마리아'의 이런 성향 덕분이라고 생각합니다.

이렇듯 세 사람의 캐릭터성에 모두 애를 썼지만 말씀하신 것처럼 가장 공들인 것은 역시 '나'입니다. 이 소설 자체가 '나'가 통과하고 있는 애도의 시간을 한 축으로 하기 때문이에요. 비록 녹록지 않은 삶을 살아가면서 현재에 집중하는 덤덤한 면모를 갖추게 되었지만, '나'는 급한 성격과 고집 때문에 탄이 보낸 이별의 신호를 놓치고 작별의 순간도 어이없게 보냅니다. 그래서 상실의 상처 앞에서도 더욱 무력해지죠.

하지만 '나'는 낙관적인 천성 덕분에 자신이 '탄'의 환영을 본다는 사실을 알면서도 심각해지는 대신 그의 환영과 대화하며 자신의 상태를 받아들일 수 있어요. 마지막엔 미소를 지으며 "올해는 나만 못 찾았다"(74쪽)라고 말하면서요. 이런 '나'의 모습이 끝없는 상실의 사이클 속에서도 삶에 대한 낙관을 잃지 않는 태도로 보이길 바랍니다.

Q. 〈작가의 말〉에서 '사계 행진'을 추면서 《화성과 창의의 시도》를 쓰셨다고 하셨어요. '춤'과 '음악'이 합쳐지니 그것이 하나의 제의(祭儀)처럼 느껴졌어요. "내가 지나왔던, 혹은 지나가고 있는 계절들을 떠올렸다. 그것들을 완전히 놓아버리려고, 흘려보내려고, 그래서 그다음 봄으로- 여름으로-가을로-겨울로 나아가려고 애를 썼다. 어찌나 애를 썼는지 공연이 끝난 후엔 온몸이 땀에 젖어 있었을"(80쪽) 정도로 열정을 다해 추고 쓴 작품의 탄생 후 감회가 남달랐을 것 같습니다. 어떤 마음이 드셨나요?

A. 확신이 들지 않았습니다. 쓰고 싶었던 주제를 잘 구현했나, 이렇게 하는 게 맞나, 같은 생각을 했어요. 그런데 이건 제가 무슨 일을 하든 자주 드는 생각이기도 합니다.

확신을 가지기 위해 소설을 끝내고도 종종
'나'와 '탄'과 '마리아'를 떠올렸어요. 그래서
그런지 세 사람을 아직 놓고 싶지 않다는
생각도 했습니다. 할 말이 더 남아 있는 것
같은 기분도 들었고요. 사실, 덧붙였다가
뺀 부분도 많습니다. '나'와 '탄'이 나누었던
미묘한 감정, 그것을 진작에 눈치챈 '마리아',
'마리아'가 막내로서 '나'와 '탄'에게 의지만
하는 것처럼 보이지만 사실 나머지 두 사람이
'마리아'를 보며 더 힘을 냈다는 사실, 완전히
독립한 후 '탄'이 작곡가로서 발표한 작품들,
그것을 자랑스러워하는 '나', '나'가 그냥
사는 것처럼 보여도 사실은 그 누구보다
삶에 대한 애정이 높다는 것, 오히려 그
때문에 자꾸 몸에 힘을 빼려고 습관처럼
그냥 산다고 중얼거린다는 사실, '탄'의 죽음
이후 힘들어하는 '나'를 보며 불편해하는

남편, '나'와 '탄'과 '마리아'가 얼마나 애틋한 관계인지 이해하지 못하는 남편 때문에 더욱 외로워지는 '나'의 시간들 같은 것을 썼다가 지웠다가 다시 썼다가 결국엔 지웠습니다. 〈작가의 말〉에서 언급했듯이 너무 많은 것을 쓰지 않음으로써 세 사람 사이의 관계를 자유롭게 방목하고 그들이 공유한 시간의 찰나성에 조금 더 집중하고 싶었기 때문입니다. 그로 인해 문장과 문장 사이, 문단과 문단 사이의 여백에 이 소설을 읽는 사람들의 개인적인 기억도 자연스럽게 섞여들면 좋겠다는 바람도 있습니다.

Q. 또 "내 삶에도 동명의 이름을 붙이고 싶다"라며 "흘려보낸 것과 스스로 퇴장한 것들"(82쪽)을 말씀주셨는데, 작가님 삶에서 가장 인상 깊었던 '흘려보낸 것'과 '스스로 퇴장한 것'이 있다면 무엇일까요?

A. 저는 소설을 쓰면 그 소설 속 인물이 실재한다고 착각하는 경향이 있습니다. 그래서 소설이 완성되면 인물들을 자연스레 제 인생에서 흘려보내게 되는 것 같습니다. 아직 완성하지 못한 소설의 인물들, 쓰다가 포기한 소설의 인물들, 완성했지만 나오지 못한 소설의 인물들, 그리고 완성하고 세상에 나온 소설의 인물들이 제 삶에서 가장 인상 깊은 '흘려보낸 것'들입니다. 흘려보낸 것을 생각하면 가끔 쓸쓸하기도 한데, 그래도 그들이 어딘가로 흘러가서 잘 살고 있을

걸 상상하면 기분이 좋아집니다. 덕분에
다음 인연을 만들 힘이 나기도 하고요. 같은
맥락으로, '스스로 퇴장한 것'은 바로 그
인물들을 묶어두었던 소설 속의 배경인데요.
마치 마을 하나를 떠나듯, 소설 속의 장소에서
스스로 퇴장하면 그제서야 소설의 마침표를
찍었다는 것이 실감 납니다. 이 소설의 경우엔
'나'와 함께 식당 앞 주차장에서 빠져나오면서
무대가 끝났다는 것을 느꼈습니다.

Q. 책에 나오지 않았지만 새롭게 찾은 8과 12의 발견이 있을까요?

A. 많습니다. '8과 12의 발견'은 책 속의 세 사람뿐만 아니라 저에게도 굉장히 재미있는 일이어서 8과 12에 대한 정보를 엄청나게 찾아두었거든요. 소설 속에 나오는 발견들은 선별한 것이고, 실제로 소설에 쓰려다가 나중에 뺀 것도 있습니다. 예를 들면, 물리학자 에르빈 슈뢰딩거의 생일이 8월 12일(1887년)인 것, 시인이자 화가인 윌리엄 블레이크가 8월 12일(1827년)에 타계한 것, 체코의 대표 음악가 레오시 야나체크의 기일도 8월 12일(1928년)인 것, 같은 날 암스테르담에서 제9회 하계 올림픽의 폐막식이 열렸던 것이 있겠어요.

한 조각의 문학, 위픽 (wefic)

연여름 《2학기 한정 도서부》
서미애 《나의 여자 친구》
김원영 《우리의 클라이밍》
정지돈 《현대적이라고 말할 수 없는 죽음들》
이서수 《첫사랑이 언니에게 남긴 것》
이경희 《매듭 정리》
송경아 《무지개나래 반려동물 납골당》
현호정 《삼색도》
김 현 《고유한 형태》
이민진 《무칭》
김이환 《더 나은 인간》
안 담 《소녀는 따로 자란다》
조현아 《밥줄광대놀음》
김효인 《새로고침》
전혜진 《고르디우스의 매듭을 자르면》
김청귤 《제습기 다이어트》
최의택 《논터널링》
김유담 《스페이스 M》
전삼혜 《나름에게 가는 길》
최진영 《오로라》
이혁진 《단단하고 녹슬지 않는》
강화길 《영희와 제임스》
이문영 《루카스》
현찬양 《인현왕후의 회빙환을 위하여》
차현지 《다다른 날들》
김성중 《두더지 인간》
김서해 《라비우와 링과》
임선우 《0000》
듀 나 《바리》
한유리 《불멸의 인절미》
한정현 《사랑과 연합 0장》
위수정 《칠면조가 숨어 있어》
천희란 《작가의 말》
정보라 《창문》
이주란 《그때는》
김보영 《헤픈 것이다》
이주혜 《중국 앵무새가 있는 방》

위픽은 위즈덤하우스의 단편소설 시리즈입니다.
'단 한 편의 이야기'를 깊게 호흡하는
특별한 경험을 선사합니다.

이 작은 조각이 당신의 세계를 넓혀줄
새로운 한 조각이 되기를.
작은 조각 하나하나가 모여
당신의 이야기가 되기를.

당신의 가슴에 깊이 새겨질
한 조각의 문학, 위픽

위픽 뉴스레터 구독하기
인스타그램 @wefic_book

– 68

화성과 창의의 시도

초판 1쇄 인쇄 2024년 10월 28일
초판 1쇄 발행 2024년 11월 13일

지은이 김희재
펴낸이 최순영

출판2 본부장 박태근
스토리 팀장 김소연
편집 곽선희 김다인 **디자인** 김해지
디자인 이세호

펴낸곳 ㈜위즈덤하우스 **출판등록** 2000년 5월 23일 제13-1071호
주소 서울특별시 마포구 양화로 19 합정오피스빌딩 17층
전화 02) 2179-5600 **홈페이지** www.wisdomhouse.co.kr

ⓒ 김희재, 2024

ISBN 979-11-7171-719-4 04810
979-11-6812-700-5 (세트)

값 13,000원